BANA SENİ SEVİYORUM DEME SEV

Benim kalabalığım da sensin, yalnızlığım da...

MİRAÇ ÇAĞRI AKTAŞ

OLİMPOS

Ben, bu sayfayı boş bıraktım.

Senin kalbin boştu.

Ben de her gün seni severek, doldurdum.

Beni de bu güzellikte doldurman dileğiyle.

Dolmayacak boşluğuma...

Canımın içinin içine…

Hep canım kal.

Hem de çıkana kadar…

Ben sana uyandım.

Sen başkasıyla uyuyorken.

Ben sana yazdım.

Sen başkasıyla gülerek, okurken.

Ben sana ağladım.

Sen başkasıyla kahkaha atarken.

Ben sana öyle kandım ki,

Senin için hiçbir şey yapmayacak olanlara inanırken sen…

Ben sana öyle bir kanadım ki,

Çok acil sana ihtiyacım var.

Sen kaybından ölüyorum…

Merhaba; uzun zamandır aynı duyguları paylaştığımız, kalpleri kırık, duygularıyla saçma sapan insanlar, tarafından oynanmış insanlar.

Bana bu yazıları neden, nasıl yazdığımı soruyorsunuz sıklıkla. Ben cevap veremiyorum. Çünkü; yazmak fiili her insanda barınmaz. Her insan yazamaz.

Mutlu insan da yazamaz. Mutlu bir insanın yazdığı tek şey; kendi mutluluğu olur. O yüzden pek ilgi çekmez.

Daha çok yazan kesim; yalnız, mutsuz, kırık, içi paramparça, hiç kimseye zerre kadar güveni kalmayan insanlar, çünkü.

Ve emin olun, en güzel bu insanlar sever, güzel de sever. Aşkı ve gerçek sevgiyi böyle insanlar hak eder.

Aşkı hak etmeyen insanlar, burun burunadır her zaman. Bunu siz de biliyorsunuz. Ama sanki bize iyi gelen insanları birisi özenle alıp kilometrelerce uzaklara koymuş.

Ve işte bu uzaklığa rağmen sever, bu paramparça insanlar. Siz siz olun, sakın ha sakın kendinden ödün vermeyen birisi için duygularınızı harcamayın.

Biraz da kızlardan bahsetmek istiyorum. Çünkü; birçok kız arkadaşım, bana sürekli fikir danışıyor.

Şöyle, bazı ayılar bu kızların duygularıyla oynuyor. Hatta bu ayıların hepsi aynı boku yiyor.

Onlar da haliyle üzülüyor. Üzülmez mi oğlum? Kız bu. İnce varlıklardır bunlar. Güvenini kazanması zor, mutlu etmesi bir o kadar kolay varlıklardır.

Bazı tipler der ki, ben bu kadınları anlamıyorum falan fistan. Sen ilk önce kendi kadınını anladın mı Allah'ın barzosu?

Hemen kadınları anlamıyorum diyorsun. Neyse kızlar, sizi çok savundum ben. Dövecekler beni ama kadının erkeğini sahiplenmesi kadar tatlı bir şey var mı lan?

Var tabii, erkeğin kadınını kıskanıp yürüdüğü tarafta erkeklerin olduğunu görüp öbür tarafına geçirmesidir.

Erkekler odundur, kabulüm ama derinlerinde gerçekten çok sağlam duygular beslerler. Ama bu her babayiğidin harcı değildir.

Her erkek bir kıza sevgili, bir erkek arkadaş olabilir, önemli olan o kıza farklı olduğunu hissettirmen, onun ailesinden bir parça olabilmendir.

Herkes başaramaz bunu. Erkekler de sever, kadınlar da ama kalbi olanları. Benim için cinsiyet ayrımı önemli değil. Kalbinin işlevi yeter. Çok konuştum ben. Öptüm.

"Çok büyük bir suç işleyip,

Gözlerine teslim olsam,

Ömür boyu.

İçeriye atar mısın beni?"

Biliyor musun seni özlemedim.

Tüm suç şarkılarda aslında...

Beni kırmak için, yarışmanıza gerek yok.

Merak etmeyin, hepinize yetecek kadar,

Kırılacak kalbim var.

Seni bu şehirde beklemediğim durak kalmadı.

Sen hep doluydun...

Hiç durmadın...

Bazen fazla her şeyim oluyorsun.

Ve bu benim için çok sakıncalı!

Sen yeter ki kalbime gir,

Varsın gözüme uyku girmesin...

Benden gittiğin zaman.

Gerçekten.

Seni ben içtenliğiyle, sevecekler mi sanıyorsun?

Seni, kendince benimseyecekler,

Senin kalbine dokunabilecekler mi sanıyorsun?

Yapma sevgilim...

Yapma...

Senin olmayan kalbine, dokundum ben...

Sen...

Kalbimin kafası güzel halisin...

Senden daha kalpsizini bulana kadar,
Favorim sensin...

Öyle bir sevişi vardı ki...

Sizlere ömür...

En çok sana kırıldım.

Sana ağladım.

Sana güldüm.

Sana kandım.

Sana kanadım.

Ben ne yaptıysam

En çok senin için, sana yaptım.

Sorarsan "Sevdin mi?" diye...

Bunu fazlasıyla yaptım, biliyorsun...

Hepsi ama en çok

Seninle konuşmak lazım

Susmak değil...

Kahve, yalnız içilir.

Çay, biraz kalabalık isteyebilir.

Sezen gece dinlenir,

Sen...

Her zaman sevilirsin...

Sarılmayı bilmez onlar,

Üşürsün bilirim...

Gidişinden sonra ettiğim küfürler,

Hissettiklerimin yarısı, bile değil...

Sen şimdi gidiyorsun ya,

Sezen, şarkı söyleyecek.

Ben, şiir yazacağım...

Gitme...

Sezen, çalsın...

Biz dans edelim...

Dilerim, akıttığın gözyaşlarıma…
Cehennemde köpek gibi muhtaç olursun...

İstediğin kadar uzakta ol

Nefes olsan,

İçimdesin...

İki gizli özneden, farkımız yoktu.

Ama yüklemimiz belliydi.

Sorsan,

Seviyorduk işte.

Şimdi sorsak herkes iyidir.

Unutmuştur.

Hayatına kaldığı, yerden devam ediyordur.

"Her ne kadar da ''nasılsın?" sorusuna

İyiyim cevabını versek de

İçimiz paramparçadır,

Bakmayın güldüğümüze.

Hayatımızdan

En son çıkaracağımız kişileri yolcu ettik biz...

Kalplerinizi, çoluk çocuğun eline vermeyin,

Kırıp yere atıyorlar sonra.

Kaldığınla kalıyorsun...

Bana çaresizliğin tanımını sordular,

Adını söyledim...

Haberin olsun...

Ki ben şiirdim sana...

Hiç açılmamış bir kitabın

Tozlu sayfalarında okunmayı bekleyen...

Yoksun bugün.

Dün olduğu gibi

Yarın olacağı gibi...

Kimini tanıdığına pişman olursun.

Kimini geç tanıdığına derler ya hani.

Ben seni tanıdığıma da pişman oldum.

Geç tanıdığıma da...

Ben sana hep pişman oldum.

Aşkla karışık...

Sen bana farzdın,

Ben sana sünnet.

Ben seni daima sevmek zorundaydım,

Sen sevmesen de olurdu...

Bazen inanmak istemezsin gittiğine. Avutursun kendini, ufacık yalanlarla. İnanırsın da.

Şizofren kimliğe büründüğünde olabilir belki. O derece çok sevmişsindir.

Atı alan Üsküdar'ı geçmiştir çoktan. Ne garip değil mi? **Belki elini tuttuğu başkası var.**

Sen hala gidişine inanmamakta kendine yalan söylüyorsun.

Bu çok kötü bir durum,

Ah alıp sevenlerin duygularıyla oynayanların, iki yakasının bir araya gelmemesi dileğiyle.

Canımı çok yaktığın zamanlar da oldu. Gülmekten gözümden yaş getirdiğin zamanlar da. Olsun, ben ikisini de sevdim. En çok seni sevdim ben ama...

Bir akşam, dökülen yaprak hışırtısında sevdim...

Yürüdüğümüz caddeleri sevdim, izlediğimiz filmleri, güldüğümüz esprileri, ağladığımız anları...

Bak, ben içinde sen olan her şeyi sevdim.

Senin hepsini sevmene gerek yok, sen birazcık seni sevmemi sev...

Yeterli...

Şiir gibi kadındı vesselam!

Ben yine yazmadım. Yazsam...

Başkası okuyacaktı...

Ben değişmedim...

Sen vazgeçtin...

Bırakmaz dediğim herkes,

Gitmez dediğim kim varsa,

Bitmez dediğim ne varsa,

Bıraktı, gitti, bitti...

En güzel mezesin.

Rakıma...

En güzel aşksın.

Kalbime...

En güzel özlemsin.

Hasretime...

En güzel sebepsin.

Yalnızlığıma...

Sen en güzel banasın.

Bana...

Sana güvenmek mi?

Tövbe...

Sen ona sarıldın ya...

Nefes olsan!

İçime çekmem...

Biliyorsun değil mi?

Ben mi?

Mutluluk mu?

Güldürmeyin beni...

Hiçbir zaman seni sevmeme düşüncesine, kapılmadım. Senden vazgeçmek bırak aklımdan, aklımın kıyısından bile geçmedi. Ki ne zaman beni kızdırdığın gerçeği geldiğinde aklıma, bana gülüşünü düşündüm. Ellerinden tutup kendine çekmeni düşündüm...

Öpmeni düşündüm...

Yetti...

"Bana sarılırsın,
Olmaz mı?
Bırakmamak
Üzere..."

Bana beni sevdiğini söyle, ne bileyim benim senin için yaratıldığımı bana hissettir. Sana ait olduğumu bile bile yaşayayım. Düşünsene, bunu bilerek güne uyanmak...

Ne mükemmel olurdu. Sonra, hep yanım olarak teninin sıcaklığını fark etmemi sağla.

Filmler izleyelim, çay demleyelim birlikte. Biri benden başkasına kapalı olan, kalbin gibi kapalı olsun. Diğeri sana hep açık olan, kollarım gibi açık...

Mısır patlatalım, filmden çok gözlerimiz konuşsun. Sonra telefonlarımızı kapatalım. Emin ol, sabaha kadar gözlerinle dans edebilirim.

Bana sarılırsın. Olmaz mı?

Bırakmamak üzere...

Ben bundan bir şey anlamadım,

Bir daha sarılalım mı?

Sen yalnız değilsin,

Hayatında ben yokum...

Hiç şüphesiz en büyük aptallığım,

Seni kendimden çok sevmemdi...

Yaşadıklarımızla ilgili bir hayal kurdum.

Adı pişmanlık oldu...

Ben yapamadım ya sensiz,

Sen de yapama bensiz...

Bizsiz...

Bu saatten sonra ister yanımda bit,

İster defol git...

Fark etmez...

Dedim ya...

İçimde bittin...

Sesini çok özlemiştim, onu aradım.

Telefonu açtı.

Sesini duyduğum o an, çok tuhaf hissettim...

Bir zamanlar bana,

Seni seviyorum dediği sesine o kadar açtım ki...

Sonra kendime geldim,

Yeni sevgilisiyle mutluluklar diledim...

Kapattım...

Hadi kabul edin.

Hepimiz en son sevilecek kişileri sevdik.

İnkar etmeyin!

Biz en büyük salaklığı,

Onları severek kendimize ettik...

Bazı aşklar vardır.

Kiminin sonu nefretle biter.

Kimi nefret ede ede sever.

Kinlisinin de,

Daha çok nefret etmesi gerekiyordur.

Ancak ona bile yeltenmezler.

Çünkü;gidenler ona bile değmezler...

Evine giden en kestirme yol olsam,

Yine de geçmezsin benden...

Orospuluk cinsiyet gerektirmez.

Kalbinin nerede olduğunu bilmemen yeterlidir.

Narkoza gerek yok

Sen bana seni seviyorum de.

Ben ayakta uyurum zaten...

Önümüzdeki; 45-50 yıl işin yoksa,

Ayağıma basman şartıyla,

Kalbinde uyuyabilir miyim?

Kızma, seni seviyorum. Kızma bana ya, belki seni sevmemi istemiyorsun. Belki gönlün yok. Belki seni sevmem umurunda bile olmayacak. Aklına bile gelmeyecek olan bir adamı mı düşüneceksin? Olsun...

Ben yine de seni seveceğim. Kızma. Kalbim işte, hep yapar bunu kendisi. Dinlemez beni. Küçük bir çocuk gibi yaramazdır. Seni o kadar çok seveceğim ki kızacaksın. Kızma...

Seni sevmek bir eylem belki de. Şampuan kokan saçların tenime değdiğinde, belki yeniden doğmuş olacağım. Ya da bana güldüğünde cebi bayram harçlığıyla dolmuş bir çocuk gibi sevineceğim. Ki sen imkansızsın ve ben hep seni istedim. Olmayacağını bile bile. Kızma...

Ben bu gece

Seni düşledim...

Sevgilim,

Sorarım sana:

Dilimde dua olman gerekirken

Beddua olmak niye?

Dün seninim diyordun. Yarın kiminsin?

Gitme!

Senden nefret etmek isteniyorum.

Kal!

Kalbini istiyorum...

Kadınları anlamıyorum diye bir kanun yok.

Kadınlar yerine kadınını anla yeter.

Bana senin için farklı olduğumu söylerdin.

Evet farklıymışım.

Eminim, hayatında en fazla sevmediğin bendim.

Arada aklıma gel,

Oturur çay içeriz,

Fotoğraflara bakarız.

Sizi konuşuruz sonra.

Her yalanın bir doğruluk payı var derler.

Biliyorum,

Biraz da olsa sevmiş olmalısın beni...

Öyle bir gidiyorsun ki

Ömrümden ömür gidiyor...

İstediğin kadar git,

İstemediğin kadar geliyorum sana...

Benden sonra bir başkasıyla ne yaşayacağın umurumda değil. Ama gece yastığa başını koyduğun an aklına geleceğim. Uzaktan bakacağım sana, yalnızca.

Hiç beklemediğin bir anda hem de. Onun kollarındayken,beraber yaşadıklarımızı düşüneceksin. Birlikte dinlediğimiz şarkılar yankılanacak, kulaklarında.

Sonra birlikte kurduğumuz hayaller, yıkacak seni. Ona seni seviyorum derken bile ben geleceğim aklına.

Onun ellerini tutarken, ellerin uyuşacak. Korkundan öpemeyeceksin onu. Sen de tart kafanda. Sahi ne kadar biz olduk?

Birlikte kurduğumuz hayalleri, onunla mı yaşayacaksın? Yaşayabiliyorsan ben de sizin nikah şahidiniz olacağım...

Sırf sevmediğin bir şarkıyı,

O sevdiği için dinlemek var.

Çok başka…

Ne büzüştürüyorsun yüzünü?

Sadece sarılmak istemiştim, fotoğrafına...

Bazen öyle soğuk davranıyorsun ki

Gelişin bile ısıtmıyor sonra...

Üç deyince beni aklına getir desem,

İkiden sonra intihar eder, sayılar...

Ümidimi kestim senden,

Her yer kan revan içinde...

Seni unutmakla savaştım,

Kan gövdeyi götürdü.

Bilmiyorsun...

Yenilgiye uğradım...

Şimdi sen yoksun ya,

Kendi şehrim bile gurbettir bana...

Bugünün yarını da var.

Kurtuldum sanma.

Yarın da özleyeceğim seni...

Ve ondan sonraki yarın da...

Mutlu olmak için nedenim yoktu.

Ben de seni sevdim...

Her şey unutulur.

Bir zamanlar "Her şeyimsin..." diyordu.

Kendimden biliyorum..

Yağmur yağdığında açmazdım, gözlerimi.

Akıttığın gözyaşlarına, ihanet olmasın diye...

Sen yeter ki es bana,

Ben donarak ölmeye de razıyım...

Bırak sevmeyi,

Evinin olduğu sokağa girenin ayağı kırılsın...

Benim umudum var.

Senin de biraz;

Allah'a peygambere inancın varsa,

Oldu bu iş...

Bağıra bağıra yazarsın, onu içine.

O, susa susa siler..

Bu kez biraz terbiyeli olacağım.

Sevmeyeceğim arkandan...

Çağlar, ikiye ayrılır;

Senden önce ve senden sonra..

Tekerrürden ibarettir.

Her gün seni sevmekle başlar...

Beni merak etme sen.

Her şey yolunda...

Sen bile...

En son ne zaman sevdin beni;

Belki dündü?

Geçen ay?

Belki de bir yıl önceydi.

Sahi sen sevdin mi beni?

İnanır mısınız?

Kendim diye demiyorum.

Çok güzel yalnız kalırım...

En kötüsü de

Seviyordum...

Bit kadar haberin yoktu...

Seni seviyorum

ve

O gün bugündür yoksun...

Şimdi bütün küfürleri üzerine alınabilirsin...

Gidişime karşı koyamadıysanız,

Gidişi size çoktan koymuştur.

Allah'ın sopası yok,

Kulunun gözleri var!

Bana bizi soruyorlar.

Ben sizi anlatıyorum, haberin olsun...

Sen benim ilk göz ağrım değil,

İlk kalp ağrımdın...

Dünyanın en başarılı doktoru da gelse,

Kapatamaz, açtığın yaraları...

İçini okudum.

Hiçbir yerde adım geçmiyor.

Ne iş?

Hâlâ sevme şansımız var mı birbirimizi? Sen başkasının olmuşken...

Ben sensizliğe alışmışken... Geldiler yine. O kadar ağladım,

O kadar uykusuz kaldığım geceler oldu. Fotoğrafına bakıp, saatlerce sabahlara kadar derin düşüncelere kapıldığım geceler…

Başkası sarıldı sana, benim kollarım hep sana bakireydi.

Sana başkası dokundu.

Bunu düşündükçe delirdim. Duvarlarla konuştum uzun süre.

Tüm bunları yaşadıktan sonra hâlâ seni sevmek istiyorum. Bu büyük saçmalık.

Bizi toparlayabilir miyiz? Her şey bu kadar dağılmışken..

Sen başkasına, ben yokluğuna atılmışken…

Sahi toparlayacak biz kaldı mı?

Sana karşı hiç bir şey hissetmiyorum artık. Sen ne kadar gülsen, ben iki kat daha fazla kahkaha atacağım.

Sabahları gözüm direkt telefona gitmeyecek mesela. Acaba beni düşünüyor musun diye düşünmeyeceğim. Beni özledin mi diye merak da etmeyeceğim.

Artık alıştım. Hayatına istediğini almakta özgürsün. Nereye gitmek istediğinde, kime günaydın mesajı atmak istediğinde özgürsün mesela.

Alıştım...

Bu arada, yerime koydukların diyorum...

Sana koysun...

Her şeyin fazlaca boktan gittiği şu hayatta, tutunduğum tek dal ol istedim. Bir kuş misâli, yapayım yuvamı, orada öleyim istedim.

Yaz kış hiç fark etmez, hep sende kalayım istedim. Sonra sen de bana alışırsın belki diye bekledim. Benimsersin hani dedim, yok. Tüm umutlarımı sana bağladım.

Hayallerimin tek adresi de sendin. Hayatımda tattığım en tatlı mutluluklar da, sana aitti. Tattığım en acı duygular da. Kalbimde her nereye gidersem gideyim, bana yaşattıklarınla seni yanımda götürmek istedim.

Sonra yorulduğumu anladım. Hiç bir şeyin iyi gitmeyeceğini... Geceleri uyumadan önce sana mesaj atmamak için kendi gururumla verdiğim savaş mücadelesinde hep yenildim. Kanadım.

Bir seviyorum dedin de, nasıl kandım. Oysa gram varlığını hissetmiyordum. Seviyorum dedin, o an bu cümlede yalan payı olduğunu düşünmedim. Yaptığım en büyük aptallığı, sana inanarak yaptım.

Her fırsatta benimle ol istedim. Ben seni istedim ama en çok bizi istedim. Ben seni severken, dünyam senin eksenin etrafında dönüyordu.

Sen de bir güneş misâli hem aydınlatıyor hem yakıyordun dünyamı.

Anla, canım yanıyor.

Bu ülkede sevmek suçtur. Kira ne derse desin. Şimdi şöyle söyleyelim. Bir insana karşı duygularını açıklasan, o insanda hemen böyle bir değişimler, bir ego, ruhsal değişimler meydana geliyor ve saymadığım çoğu şey. Aslında ne kadar mükemmel bir şey, bir insana karşı duygularını açıklamak. Çocuk gibi yapıveriyor insanı.

Söylemesen, içine atsan...

Nereye kadar atabilirsin ki? İçine atarsın, atarsın taşarsın. Bir zaman sonra, yer kalmaz içinde.

Ve ona söylemek istersin

Ve sonra...

Bom!

İnsanlar o kadar nankörler ki kendilerini sevenleri, elleriyle kenara itip kendisini sevmeyeni seviyor. Hepimizin yaptığı saçmalık da bu. Halbuki mutluluk belki de bizi seven insanlarda.

Olamaz mı?

Bal gibi de olabilir.

Ben seni bal gibi sevdim.

Öylesine tatlımsı bir acıyla.

Önce bir an gibi kalbimde yoktan var ettim seni.

Sonra mı?

Bal gibi sevdim..

Ben her gün kalbime seni nakış gibi işlerken, sen kiminle neyin sefasını sürüyorsun bilmiyorum ama Yüce Rabbim, senden acısını öyle bir çıkarsın ki...

Sürüm sürüm sürün. Senden ne ilgi bekledim, ne sevgi, ne yanımda olmanı. Sadece beni biraz kendine katmanı istedim. Onu da çok gördün, daha da bir şey demeyeceğim.

Ama kendime şu konuda söz geçiremiyorum. En kötüsü de senden başkasının kalbine giremeyeceğim, senin gibi öpemeyeceğim, koklayamayacağım ve en önemlisi sevmeyeceğim!

Bu da geçecek. Daha neyin kalacak? Seni sevmeyeceğim bak, göreceksin. Böyle kalmayacak; bu duygular, bu kalp...

Bıraktığın gibi atmayacak...

Sen başkasına dokunurken, başkasıyla göz göze gelirken, bana atacağın günaydın mesajını si...im. Kalsın.

Kendi gündüzümü, kendi çabalarımla aydınlatırım ben...

Başkasının gözlerine baktığında,

Bizi görmen dileğiyle..

Benden daha iyilerine layıksın diyorsun ya. Ben de sana soruyorum; senden daha kalpsizi mi var? Beni senden başka bu kadar sevmeyecek birisi mi var? Senden daha kalpsizini bulana kadar tek favorim sensin.

Benden başkaları girer hayatına derken, için hiç mi acımadı? Kalbin hiç mi sıkışmadı? Bunu hangi rahatlıkla söylüyorsun? Bunu neyine güvenerek söylüyorsun?

Öptüğün yerler, hala acırken sarıldığında üzerime sinen kokun hala üzerimdeyken, başkasını hayatıma almamı nasıl bekliyorsun? Bunu bana yakıştırıyor musun gerçekten?

Ama ben bekleyeceğim biliyor musun? Sen sokakta beni gör, yüzünü çevir, görmezlikten gel. Seni bekleyeceğim. Beni sevmen için değil, pişmanlığını görmek için. Pişman ol, tek dileğim bu...

Ben senin kokunu tenimde taşırken, bir başkasına sarılacak kadar duygusuz,

Senin öptüğün yerler acırken, o acıyı bir başkasını öperek dindirecek kadar düşük,

Senin kırdığın kalbi, başkasını sevip onaracak kadar nankör,

Senin yıktığın hayalleri, başkalarının oyuncağı yapacak kadar sahte,

Ve ben,

İçimde hâlâ sana dair izler taşırken, başkasını hayatıma alacak kadar haysiyetsiz değilim.

Senden daha iyileri de var. Senden kötüleri de. Benim istediğim, sendin. Senden daha kalpsizini bulacağımı zannetmiyorum.

Bana, sen daha iyilerine layıksın derken, bana sarıldığın gün aklına gelmedi mi hiç?

Ya da ne bileyim yaşanmışlıklarımız...

Bu kadar mı duygusuzsun sen?

Diyecek lafım yok. Sana ne desem değmezsin...

Diyeceğim tek şey:

Pişman ol..

Bunun için bekleyeceğim...

Özlüyorsun, hatta öyle özlüyorsun ki için gidiyor. Onun gittiği yetmezmiş gibi bir de için gidiyor. İç gider mi? Acır mı insanın içi?

Kalp bu alt tarafı. Neden kan pompalamaz sadece, neden görevini yapmaz yalnızca?

İnsana rahat batıyor gerçekten. İlla ki uykusuz kalacağım, illa ki beklentilerim karşılanmayınca canım yanacak, hayaller suya düşecek. İçim acıyor. Anlamıyorsun. İçimi kelebek yuvasına çevirebilirsin. Bu elinde ama sadece gidiyorsun ve benim içim gidiyor.

Seni sevdiğim gibi başka şeyleri sevseydim, daha mutlu olabilirdim belki. Ama tarifi olmayan bir huzur yatıyordu, bu sevginin altında.

Ya ben, seni tüm senliğinle istiyordum. Birlikte hayal kuralım istiyordum.

Beni sevmeni istiyordum.

Beni merak etmeni, beni özlemeni, beni düşünmeni, beni seninle sınamanı, benimle ilgilenmeni, seninle birlikte film izleyip en çok seni izlemeyi. Birlikte şarkı dinleyip en çok seni seviyorum deyişini, dinlemeyi istiyordum.

Ben sana güveniyordum. Sen, bunu boşa çıkarmakla meşguldün. Hayallerimin canını yakıyordun.

Yapmasaydın böyle keşke...

Yapmasaydın...

Gururumu ayaklar altına aldığım gecelerde, seni aradım. Sen haksızken bile senden defalarca özür diledim.

Gurur falan kalmıyordu.

Varsın, gurursuz desinler bana. Seni sevmeme değerdi.

Sen her şeye değerdin be...

Ellerin ellerime...

Tenin tenime...

Keşke bunlar senle benim içinde geçerli olsaydı. Haberlerde duydum, on altı yaşındaki bir çocuk ölmüş. Daha yaşım on sekiz ancak zaman geçiyor.

Ne zaman seveceksin beni, biz ne zaman sarılacağız?

Mezarıma sarılmandan bahsetmiyorum. Ben ölünce mi sarılacaksın bana? Kalsın, istemiyorum...

Rahat bırak beni. Uyku sorunum var, benim.

Sen gel, birlikte sarılıp birlikte uyuyalım. Varsın ölüm ayırsın..

Keşke değseydi ellerin...

Ellerime de...

Elimden bir şeyler gelseydi...

İçinde sen olan her şey.

Artık yüzümün gülmesini istiyorsam; içinde sen olan her şeyi unutmam ve geriye kalan yaşantıma, güzel bir şekilde devam etmem gerekiyor ve bu olmayacak gibi.

Sen yoksan yanımda ve ben bununla yetinip mutlu olacaksam, sabahlara kadar ağlamayı göze alırım. Eğer yanımda kalacaksan mutsuzluğa da varım. Ben kendimi bile sevmiyordum.

Bir zaman sonra,sen çıktın geldin karşıma. Sol göğüs kafesimde besledim seni. Kaburgamın içine sakladım.

İçinde sen olan her şeyi sevdim dedim ya, kendimi bile sevdim.

Biz sevgilim biz,

Seninle öyle güzeliz ki...

Kuş koysunlar yolumuza, hani şu göğüs kafesime sakladığım güzelliğe sahip olan kuşlardan...

Hayatınıza birisi girdikten sonra; bazı anılar yaşanıyor, iyisiyle kötüsüyle yaşanmışlıklar oluyor.

Çok alışıyorsunuz. Sanki hiç gitmeyecekmiş gibi hissettiriyor size ama gidecek. Gideceğini siz de biliyorsunuz. Olsun buna rağmen sevmeye, daha çok bağlanmaya devam ediyorsunuz.

Günden güne araya giren bir soğukluk oluyor. Elinizden geleni yapıyorsunuz ama olmuyor.

Son nefesini ayrılıkta veriyor ilişkiniz. Hani bir zamanlar, size hiç gitmeyecekmiş gibi hissettiren insan var ya kısa süre sonra hiç sevmemiş gibi çekip gidiyor. Onunla gitmek istiyorsun ama olmuyor.

Yapamıyorsun...

Acı çekiyorsun.

Mesaj bekliyorsun.

Canın yanıyor.

Kendini yeryüzünde koca bir hiç gibi hissediyorsun. Sesini duymak istiyorsun ama bilmiyorsun ki o başkasıyla konuşmaya başlamış bile.

Başkasına mesajlar atıyor. Başkasına değiyor teni. Dudaklarından hayatına yeni girdiği insanın adı dökülüyor. Sen biraz daha hiç hissediyorsun kendini. Biraz daha canın yanıyor ama elden ne gelir ki?

Küçük bir zaman dilimi sonrasında, nefret etmeye başlayacakken aslında buna bile değmeyeceğini söylüyorsun, kendi kendine.

Pişmanlık duyuyorsun onu sevdiğin için. Hatta kendine bile kızıyorsun. Onun gibi bir kalpsizle olduğun için.

Profiline giriyorsun, orada arkadaşı ekle yazısını görünce, ne parçalanıyor insanın içi.

Kalbin kaç parçaya ayrılıyor değil mi?

Profil fotoğrafına bakmaya çalışıyorsun ama ne yazık ki gizli. Sonra kapak fotoğraflarına bakıyorsun, yeni bir fotoğrafını koymuş mu diye merak ediyorsun.

Acaba benden sonra gülüyor mu diye içleniyorsun. Daha eski gönderileri gör diyorsun...

İlişki durumunu görüyorsun.

Ve sonra da,

Bu sayfa görüntülenemiyor...

Belki haklı olduğum konular oldu, belki haksız olduğum. Bunların bir önemi yok. Her ikisinde de sana geldim. Diledim özrümü. Oturdum yerime. Ben seni sevdiğim zaman; kendimden, gururumdan vazgeçtim. Senin için yaptıklarımı her ne kadar görmesen de bizi öldürmemek için "Biz kelimesi ağzımızdan daha çok ne kadar çıkar?" sorusunun cevabını aramak için çırpınışlarıma belki değmesen de bizim için yaptığım hiçbir şeyi fark etmedin.

Seni her defasında affettiğimde, kendime küstüm.

Gururuma küstüm.

Her şeye küstüm.

Seni bir Sezen şarkısının nakaratında sevdim.

Umarım bütün aşklarınız Sezen şarkılarından geçer.

Sezen Aksu-Git

Sezen Aksu-Seni Kimler Aldı?

Sezen Aksu-Beni unutma.

Dinleyin, yaraya en etkili merhemdir bunlar.

Yalnızlığımın sesi olsaydı, benimki desibel rekoru kırabilirdi. Çünkü; yalnızlığımla bütünleşmiştim. Öylesine işlemişti ki üzerime, nereye gitsem onu da götürüyor gibiydim. Yalnızlığım üzerine, sayfalarca yazdım. Seni kaybetmek adına defalarca yazdım. Yazdıkça rahatlarım diyordum, aksine daha da derine çekiyordu beni bu acı. Yazdığım kelimelere tutunmaya çalıştım, onlarla dindirmeye çalıştım acımı. En azından denemiş oldum.

Gidenin ardından pek bir şey yapamazsın. Yalnızlık gelir kapına, mecburen onu içeri davet edersin. Kaybetmek üzerine çay demleyebilirsin, sonra da oturur kendine bir bardak çay koyarsın ve de içersin.

Kaybetmek birkaç kere, aynı yerinden. Seviyordum seni kalbimin en güzel yerinden...

Genelde herkes yalnız kalır. Bazen birkaç defa kazananlar olmuştur ama sonunda kazananlar da tadacaktır; yalnızlığın tadını er ya da geç. Bazen uzun vadeye ayrılır bir yalnızlık. Bazen izi kalır, bazen ucuz yırtarsın. Bazen çok derin yaralar bırakabilir. Tedavisi yoktur. Bu yalnızlık içersinde insan kendine gelince, gidecek yeri kalmaz.

Ve bir çay daha koyarsın.

Seni kaybetmek; bir Eylül gecesi yere düşen bir ağacın yaprağını, andırıyor. Elimden gelmiyor o yaprağı alıp ağacın dalına eklemek ve o yaprak tanesi yerçekimine karşı koyamayarak havada süzülürken, gidişini izliyorum yavaşça.

Ve artık ben de bir kaybedenim..

Koca bir yalnızım artık..

Bir çay daha?

Sen yeter ki bana gelecek ol, hayatım yol olur ayaklarının altına. Her şeyimi feda ederim biliyorsun. Nelerimi vermem ki. Bana gelmeni izlerim karşılığında sadece. Fazla bir beklentim olmaz, o bana gelişin beni dünyanın en mutlu erkeği yapar. Gidişini düşünmek istemiyorum. Düşünürsem çıkamayacağım işin içinden. Verdiğin sözler ve ardından hiçbir şey yokken gidişin gelecek aklıma. Neyse girmeyelim bu konulara. Şu ülkede bir sürü sorun varken bak bir sürü diyorum. Ben senin yokluğunu sorun edindim, her şeyi bıraktım. Oturdum gidişini izledim ve gelmeyişini.

Tek sorunum bu değil tabii ki ama tüm sorunlarımı bir kenara bırakıp, yokluğunu ön plana attım. Beni bir yapboz olarak var sayarsak, eksik parçamı da sen saymamız gayet normal. Senin bıraktığın yaraların açılarıyla bütünleştim ben. Hepimiz biliyoruz, her yapbozun muhakkak eksik bir parçası vardır veya bulamadığı. Senden büyük beklentilerim yoktu. Seni sevmek için gururumu, kendimi, her şeyimi hiçe saydım. Seni yanımda tutabilmek için sana her gün yeniden aşık oldum. Seni sevdim, insanları unuttum. Seni sevdim, ülke sorunlarını unuttum, seni sevdim dışarıda hep kafam eğik gezdim. Seni sevdim, hiçbir kadına sana baktığım gözle bakmadım. Baktıysam da bu gözlerle, seni bir başkasıyla göreyim.

Ben seni severken, her şeyi bir kenara bıraktım. Her şeyi unuttum, sen dışında. Seni unutmak deliliğin daniskası olurdu. Bana beni unut de, sana sadece gülerim ama kıçımla. Lafı uzatmayacağım. Ben seninle bütünleştim, her gün sana yeniden ve daha çok bağlanarak büyüttüm, seni kalbimde. Belki abarttım. Evet, ben bunu her zaman yaparım. Şöyle bir baksana! Şu yazdığım yazıda bile kurduğum cümlelerde ne çok "sen, seni" kelimesini kullandım. İşte bilmiyorsun. Benim cümlelerim, içimdeki o yerin, mutluluğum, acım, pişmanlığım, aptallığım, gece uyumadan önce seni yanımda farz ederken uyuyakaldığım, yokluğunla olgunlaştığım sensin, sen...

Benim alfabem bile senin adındaki harfler kadar.

"Sen yeter ki,

Gelecek ol bana.

Hayatım yol olsun, ayaklarının altına..."

Kendini yıpratma.

Kendini yoruyorsun. Seni hak etmeyen ciğeri beş parayı bırak, iki kuruş etmeyen adamlar için o güzelim hayatına siyah bir perde indiriyorsun. Tüm renklere kör oluyorsun sonra.

Bunu yapma. Kadınsın sen, güçlü varlıksın. Senin şampuan kokan saçların yeter. O bırak gitsin. Sen üzerine düşeni yaptın. Hem de fazlasını. Sen bunun verdiği rahatlıkla yaşamına devam et. Üstüne düşeni o yapmadığı için vicdan azabıyla yaşayacak. Senin 3 kez kuaföre gidişin o adamı tarihe gömer.

Hayalleriyle, saçma sapan adamlar tarafından oynanan kadınlara

Hakkınızda;

Herhangi bir şehrin, herhangi bir sokağında başka bir kadınla yürürken,

"Ah ulan, ah!

Unutulacak kadın mıydı o be!"

Denilmesi dileğiyle.

Gülümse.

Kadınlar, değerli varlıklar ve hayatında onca olan bitene rağmen hayatına bir erkeği alıp sevebiliyorlar. Düşünün, topuklu ayakkabıyla saatlerce ayakta kalabiliyorlar. Giydiği ayakkabıya, taktığı çantanın rengini uydurmak için verdiği mücadele, makyajından söz etmiyorum. Eyeliner'i tek seferde sürmeyi başarabilen canlılar. Bunun hastalığıdır, özel günleridir falan derken her şeye rağmen, bir erkeği hayatının merkezi yapmayı becerebiliyorlar ve o erkeğin canını yakacağını bildiği halde seviyorlar, sahipleniyorlar. Bir kadının güveni kazanıldığı zaman, o kazanılan güven milli servettir bir erkeğe göre. Kolay değildir kadının güvenini kazanmak. Farklı olduğunu hissettiremediğin sürece, seni seviyorum diyerek götünü yırt. Kadın yine de kendi bildiğini okur. Kadına sevdiğini söylemekten ziyade en çok sevdiğini, yanında olduğunu hissettireceksin. O güven kaybedildiği takdirde çok şey kaybedilmiştir. Sadakat, menfaat, sevgi, huzur gibi. **Kadını yeşil bir bitki olarak düşünürsek özelce ve özenle sevildiği zaman etrafa hayat verir. Erkeği de bir kütük olarak düşünmemiz mümkün.**

Kütük deyip geçmeyin, derinlerinde çok şey besler onlar. Gerçekten sevdiği zaman yapamayacağı şey yoktur. Yeter ki sevsin, korusun, sadık kalsın.

Kapının kapanmaması için önüne koyduğumuz kütükleri düşünün. Kapıyı ittirdiğin zaman, kapının kapanmaması için verdiği mücadele...

Mükemmel ötesidir. İşte erkeğin sevgisi de böyle bir şeydir. Yaşatmasını bilecek, hissettirmesini bilecek. O zaman o erkeğin hem erkekliğine hem adamlığına doyum olmaz. Ufacıktır erkeğin kalbi, çok büyük sevgileri kaldırabilecek güce sahiptir.

Kadın, bir erkeği yontmak için kendi isteği doğrultusunda, bir insan yapmak için sever, mutlu olmak için. Sevdiğiniz bir insana sadık olmak zor bir şey değil. Ekstra bir çabaya gerek yok, hissetmek önemli. Sadece hissedin. Şimdi gözlerinizi kapatın ve sizin iyiliğinizi düşünen gerçek menfaati, gerçek sevgiyi önünüze sunan o insanı getirin gözünüzün önüne. Erkek ya da kadın fark etmez. Burada cinsiyet ayrımı yapmamak lazım. Zor değil sevmek, kalbinizi kullanmasını bilin. Dediğim gibi hissetmek önemli. Siz gözlerinizi kapatın ve sadece hissedin...

Eğer ki hissedemiyorsanız bir şeyler, gözünü açmayın ve uyuyun...

Sizin için çabalamayan insanları, gözünüzün önüne bile getirmeyin...

Ve o gün canımı öyle bir yaktı ki;

Şehirdeki tüm itfaiye seferleri yetersiz kaldı...

Kalbi kırık kadınların yaralarını iyileştirin. Görün aşkı.

Kadınların geçmişte yaşadıklarından dolayı, tüm her şeye sırt çevirdiğini biliyoruz ve siz baylar, bir kadın size sırtını mı döndü? Sırtından sarılın.

Bir kadının yarasına ortak olduğun zaman; belki sana aşık bile olabilir.

Babasız büyüyen kadınlar, yanlış adamlara sığınır. Yaralı kadınlar da...

Siz, kadınların yanaştığı yanlış limanlar olmayın. Bir kadının kalbini deniz olarak farz edin.

Demir atın o kalbe. Kalın orada. Batma riskini göze alarak... Çünkü; yara alma ihtimalini sen de göze alıyorsun.

Ve bunu gördüğü, hissettiği zaman işte o zaman mutluluk çanları başlar bir kadında.

Diyeceğim o ki:

Geçmişinden ağır darbe almış kadınlar diyorum, güzel severler. Merhem olun onların yaralarına.

Sonra o kadının sana yaşatacağı mutluluğun tadına doyum olmaz

Bugün de yaşanmadı, yaşanmak istenenler. Beklenen yine gelmedi. Koskoca yürünecek bir deniz kıyısı var. İçilecek çaylar, dinlenecek şarkılar var. Göz göze gelmemiz gereken anlar var. Sen varsın, var olduğun kadar yoksun da. İçime sığdıramıyorum. O yüzden gökyüzüme taşıdım seni. Düşün, seni unutmanın mümkün olup olmadığını. Sevdiği insanı gökyüzü yapan birisi, onu nasıl unutabilir? Şimdi konu yine bana geliyor. Aslında konu seni unutup unutmadığım değil. Konu sensin. Konu, içinde sen olan her şey. Konu, gökyüzü. Konu, çay...

Şarkılar konu, sensizlik konu...

Ülkedeki sorunları bir kenara koy, bulunduğun şehrin iklim şartlarını si..tir et, yarın hava nasılsa, ona göre giyin. Çık gel bana.

Her şeyi bir kenara bıraktım. Onca çözümünü bilmediğim sorunlar içinden seni aldım, kendime ayırdım. Aslında bu da bir sorun. Neden diye sorarsan, sen benim en büyük sorunumsun...

Hava yarın açık, çaylar açık, kalbim sana zaten açık...

Yürümemiz

Gereken

Bir konu var...

Erkeksin sen, alttan almayı bileceksin. Kız sana trip attığında öküz gibi alınmayacaksın ya da sende bir yandan trip atmayacaksın. İlgileneceksin o kızla. Kimseye trip atmayan, gelip sana atıyorsa değerini bileceksin.

Ufak hatalarını görmezden geleceksin, bazı şeylerden vazgeçeceksin.

Etrafında kız varsa, sadece ona odaklanacaksın. Unutma! O kızı sevince değil, diğerlerinden farklı olduğunu hissettirirsen, mutlu olur. Yalan söylemeyeceksin. Eğer bir kızın güvenini sarsarsan öl. Bir daha imkansız sana güvenmesi. O güvenini namusun gibi koruyacaksın. Sen erkeksin, açık giydirmeyip açık giyene bakmayacaksın.

Kızsın sen, hayatında biri yokmuş gibi gezmeyeceksin ortalıkta. Açık saçık giysileri giymeyi seçmeyeceksin. Erkeğini elinde tutmayı bileceksin. Sen de yalan söylemeyeceksin. Çünkü; güven meselesi cinsiyet ayırt etmiyor biliyorsun.

Kuzenmiş, kardeşmiş, kankaymış geçeceksin o ayakları. Erkek kıskançtır, çünkü; kadında bulunan kıskançlık hormonundan daha fazla kıskançlık hormonu salgılar, erkek.

Erkek, giyme diyorsa giymeyeceksin. Sen nasıl gitme dediğinde erkek gitmiyorsa sen de o elbiseyi giymeyeceksin. Ha, eğer gitme dediğinde erkek gidiyorsa...

Saçının telini değiştirebilirsin...

"Aşk nedir?" dediler, anlatmadım seni. Hayır, kızma. Kıskandım. Başkalarına anlatacak kadar küçük değildin, bende sen. Ben seni eğer onlara anlatsaydım, onlara ait olmuş olacaktın...

Diyecektim ki saçlarıydı aşk...

Bana sarıldığında, yüzümde dans eden saçları...

Diyecektim ki bana baktığında titreyen gözleri. Diyecektim ki adımı onun ağzından duymamdı aşk. Ben seni göğüs kafesime hapsettim. Ne kendime anlattım seni ne de bir başkasına. İçimdeki sevginin tarifi, ölçütü yoktu. Şöyle diyeyim; sana olan sevgimi bir Allah biliyordu, bir ben. Dile getiremezdim, bu sevgiyi. Ben böyle sevgi görmedim. Sen gördün mü sahi? Kim kimi sevmiş bu kadar?

Seninle mutlu olabilmek mümkündü. Her şey elimizdeydi. Düşün, aynı şehirdeyiz ve ayrıyız. Saçmalığın daniskası.

Sarılmak varken, birlikte yürümek varken, kokunun üzerime sinmesi varken...

Aynı şehirde biz varken, sen yoksun. Aşk olsun be.

Ya da dur! Aşk falan olmasın, sen ol yeter. İkimizin aynı bulunduğu bir ortamda aşkın olmaması mümkün mü? Yalnızca seni özlediğimi, delice sevdiğimi, hayatıma başkasını almayacağımı biliyorsun. Bildiğin çok şey var. Bunun bilincindesin. Bu denli sevgiyi karşılıksız bırakacak kadar da kalpsiz. Olsun, sevme sen beni. Böyle de severim seni. Ben seni başkası okur diye yazmaktan korktum...

Fazla uzatmayacağım. Bana "Aşk nedir?" diye sordular. Ben seni anlattım haberin olsun...

Hani ben senin için gece gündüz birlikte uyuduğumuz yastıkta gözyaşı dökerken, senin kolunda gezdiğin adamla birlikte seni anlattım.

Sizi anlattım...

Sizin ben...

Kıskan ya Allah'ın ayısı. Biriyle konuştuğumu görünce trip at bana. Bir benimle konuş de. Gecenin bir yarısında uyandır, sesini özledim de. Hep senin sesinle uyuyup senin sesinle uyanayım. Olmuyor başka türlü, rahat uyuyamıyorum de. Benden 1 saat haber alamadığında ortalığı ayağa kaldır. Yap yani. Sahiplen. Kıskan. Sev. En çok da özle. Yüzünü görmek istiyorum de. Görüşelim olmuyor sensiz de. Haberim olmadığında kapıma kadar gel, çık dışarıya de. Tek başıma evin önüne bile çıkarma, beni. Hep benden "bekleme, biraz da sen özle. İhtiyacım var, sahiplenilmeye. Tek taraflı olunca olmuyor, hep bir şeyler eksik oluyor.

Bir şeyler yap. Tükeniyorum.

Beni tanıdın mı? Koskoca hayalleri ufacık kalbine sığdırmaya çalışan, aptalın tekiyim. Nasıl tanımazsın beni? Hayatında seni, en çok seven adamım. Senden hiçbir karşılık beklemeden, sıfır beklenti içinde seni çevrendeki insanlardan daha çok hak eden, aptal bir adamım ben. Seni her gün yataktan kalktığıyla, tekrar o yatağa girip kafasını yastığa koyana kadar, evire çevire seven adamım. Benim ben, sevmediğin. Otu boku bahane edip sarılmadığın.

Neden geldiğimi merak ediyorsan, ben senden hiç gitmedim ki. Sadece merak ettim. Gerçi mutlu olman lazım. Beni sevmedin. Bahanelerin yerini buldu. Yendiler beni. Senin dört köşe mutlu olman lazım. Beni sevmeyip ben hariç herkesi hayatına aldın. Onlara seni seviyorumlar, bana gelince yapamıyorumlar. Sen beni bir çay gibi beklettin. Bense soğudum. Acıdım ve bayatladım sonra.

Anlayacağın

Bu sevginin ne tadı kaldı ne de tuzu.

Sorsalar şimdi,

Seninle bırak, aynı kalbi paylaşmayı,

Aynı şarkıyı, dinleme ihtimalimiz bile yok...

En ufak kusurlarını sevdim, senin. Hatalarını, canımı yakmalarını, umursamayışlarını, hiçe saymanı... Yani anlayacağın sevgilim, bana zarar verdiğin ne kadar şey varsa, seni sevdiğimde onları da kattım içine.

Tırnaklarına kullandığın ojelerin renk tonunu sevdim, en çok. Her buluştuğumuzda muhakkak üzerimde kalan bir adet saç kılını, sevdim.

Aşkı, en güzel biz yaşarız seninle. En güzel ayrılığı da biz tadarız. Zaten başlamadan bittik biz. Biz mi? Biz anca biterken bizdik. Ben daha önce kurduğum hiçbir cümlede "biz" kelimesini kullanmadım. Bu zoruma giden şeylerden bir tanesiydi. Bir de bana en çok koyan neydi biliyor musun? Bu kadar yakınken, aramıza mesafeler sokmamız. Nefesimiz kadar yakın olabilmek elimizdeyken, sarılmamız, ellerinin ellerimde olması gerekirken, aramıza duvarlar örmen ayrı bir aptallık. Bizi sıradanlaştırma. Aramıza mesafe koyma, aşar yine gelir severim seni bilirsin. Yüzsüzümdür. Yaparım.

Sevme de, severim inadına. Hani böyle bazen yorulursun, nefes almaktan bile...

İşte aynen öyleyim. Yani anlayacağın, benim sevgine ihtiyacım var. Etrafımdaki insanları gözlemliyorum bazen. Dalıyorum, onların mutluluklarına. Onlar öpmeye doyamıyor, ben sevmeye bunu fark ettim ben. Sen yanımda olmasan da seni sevmeye açım. Doymak bilmiyorum...

Ben salla açım, sen bana acısın...

Merhem olman gerekirken bana,

Kocaman bir yarasın...

Yine sıradan bir gündü. Yokluğunu hissetmemek için bir şeyler yapayım dedim. Çıktım biraz yürüdüm, yanımdaymışsın gibi düşünerek. Biraz sessizdi ama olsun. Sonra martıları izledim. Neyse, devam ettim yürümeye. Oradan kafam esti, sinemaya gittim, iki bilet aldım.

Biletini aldığım filmin hangi film olduğuna da dikkat etmedim. Film, başlamak üzereydi. Salona girmeden önce iki büyük boy patlamış mısır aldım. Sen seversin. Girdim salona. Yanımdaymışsın gibi filmi izlemeye devam ettim. Sonra başımı omzuna koyayım demiştim, uyumuş kalmışım öylece. Uyandığımda film bitmiş, salon boşalmıştı. Kendime geldim ve çıktım oradan.

Sonra midem kazındı gibi oldu. Yemek yiyebileceğim bir yere gittim. İki kişilik bir yemek söyledim. Hiç yemek yemeyen ben, iki yemeği de yedim. Hani yemek yemediğim için kızardın bana sen, hatırlıyor musun? Bak senin yemeğini de ben yedim. Neyse oradan da çıktım. Biraz daha yürüdüm. Üşüdüğünü farz ederek üzerimdeki ceketi çıkardım. Sana giydirdim. -Ceket elimdeydi. Üşümemin sebebini senin üşümene bağladım.-

Saat geç olmadı ama dolmuş bitecekti. Son dolmuşun bitmesine, daha yirmi beş dakika vardı. Her zaman gittiğimiz parka gideyim dedim, kendi kendime. Hep ikimizin oturduğu, birbirimize sevdiğimizi söylediğimiz, yani senin beni sevdiğini söyleyerek ayakta uyuttuğun, yıldızlan seyrettiğimiz banka gidip, beş dakika oturayım dedim. Neyse koyuldum yola. O parka yaklaştığım her adımda, solumda bir acı vardı. Neydi bilmiyorum.

Geldim parka ama bank doluydu. İki kişi oturuyordu bankta. Korktuğum şeyin başıma gelmesinden korktum ve geldi de. Biri sana benziyordu bankta oturanın. Yanındakinin elleri ellerindeydi. Ben kendimi avuturken, harbi harbi elleri ellerindeydi...

İkinizi gördüm. Yakışıyordunuz. Hani sen güzelsin ya, yakışır senin yanına herkes.

Yutkunamadım o an belki ama mutlu gözüküyordun. Gözlerinin içi gülüyordu. Gördüm.

O an içi dolan gözlerimle, ufak bir tebessümle geldim, kendime.

Yokluğunu hissetmeyeyim diye yaptığım hiçbir şeyi beceremediğimi anladım. O an ellerim üşüdü, yokluğunu hissettim. Ellerin yoktu ellerimde, yokluğunu hissettim. Giydim montumu. Yürüdüm, dolmuş durağına doğru yürürken, yoktun yanımda...

Yokluğunu hissettim...

Hayatım boyunca; ne para da gözüm oldu ne pulda. Konu sen olunca aynı şeyi senin için söyleyemeyeceğim. Sen olunca konu, işler değişiyor.

"Öyle olmuyor işte o işler." cümlesi geliyor aklıma.

Sen istemesen de görmezden de gelsen bu gezegendeki varlığımı, benim gözüm sendeydi. Ne babadan ev kalsın ne araba, istemedim hiçbirini. Seni öylesine yoklukla sevdim ki, yoktan var ettim, seni kalbimde ve senin bundan asla haberin olmadı.

Olsun, sen yanımdasın. Soluduğum havada dahi seni hissediyorum, iliklerimde.

Senin sevgin,

Benim en büyük servetimdir.

Beni sevme, biliyorsun zararlı çıkacağım. Alışacağım. Bağlanacağım. Kör düğüm olacağım sonra. Yapma, beni sevme. Bunu hem kendine hem bana yapma. Kokun da senin olsun, belki doğrudur, sevgin de.

Beni sevme...

Sende gideceksin, ben uykusuz kalacağım, kendimi odalara kapatıp yazılar yazacağım. Bir sürü tantana.

Beni sevme...

Sokağa çıktığımda, ellerini arayacağım. Sen bir süre sonra kopacaksın, ortalıktan kaybolacaksın. Bense kala-kalacağım öyle.

Beni sevme...

Bu tür saçmalıklara gerek yok. Odama dökülen saç tellerini, toplayacağım. Toplarken, benim kırıklarım dökülecek.

Beni sevme...

Kendine iyi bak diyeceksin sonra, daha iyilerine layıksın diyeceksin. Bunlara hiç gerek yok.

Beni sevme...

Sırılsıklam aşık olacağım sana. Kuruyamayacağım. Canım yanacak.

Beni sevme...

Ne benden sana Mecnun, Ne de senden bana Leyla olur...

Beni sevme...

Hoşça kal...

Gelmemişken, gidenim..

Yanımda yokken, varmış gibi hissettirenim..

Kalp sızım..

Kalpsizim..

Geçmeyen izim..

İçimden bir ses, seni seviyorum diyor,

İçimdeki ben o sesin ağzına sıçayım. (Senin de.)

Sürekli seviyorum falan. Lan oğlum bir sus, boş boş konuşma diyorum.

Dinlemiyor beni.

Bak, ondan sana yâr olmaz. Boşuna konuşuyorsun. İstediğin kadar bağır, çağır. Fayda etmeyecek.

İstersen avazın çıktığı kadar bağır. Duymayacak seni.

Onun beni sevmesi zaten, Ankara'da deniz olması gibi bir şeydi.

Gerçi orada yatanın gözlerini unutmamak lazım. O yeter.

Yani uzun lafın kısası;

Ankara'da yatanın gözleri,

Senin benim kalbime bıraktığın, kelebekler yeter...

Şimdi sorsak, herkes iyidir.

Unutmuştur.

Hayatına kaldığı yerden devam ediyordur.

Her ne kadar da

"Nasılsın?" sorusuna iyiyim cevabını versek de,

İçimiz paramparçadır.

Bakmayın, güldüğümüze.

Hayatımızdan

En son çıkaracağımız kişileri, yolcu ettik biz...

Her insanın pişmanlığı olur,

Benimki sendin...

Bir çay gibi

Hep bekletildim sana.

Soğudum,

Acıdım

Ve bayatladım...

Hafif tatlımsı bir tebessümle kızarak:

"Ne yaptım ben ya?" dedi...

Sorun da burada dedim...

Burada... Hiçbir şey yapmıyorsun...

Ben güldükçe senin ağlaman dileğiyle...

Başka da söz etmeyeceğim…

Ben senin kalbinde,

Asgari ücretle çalışan,

Sigortasız bir işçiydim, oysa...

Biz sevgiye aç insanlarız,

O yüzdendir; ederinden fazla sevişimiz...

Şiir olsan yazılmaz,

Dua olsan, amin denilmez,

Aşk olsan, sevilmezsin...

Bırakın bu sevmiyorum, ayaklarını.

Sevmiyorum derken bile,

Nasıl çaresizce sevdiğinizi biliyorum...

En kötüsü de ne biliyor musun?

Sesin bile artık başkasına ait...

Eksik hissediyorum.

Ve bunda senin payın çok fazla…

Kimsesi kalmayınca,

Geri dönenleri, sakın affetmeyin.

Size ufak bir hatırlatma,

Siz,onun çoktan kimsesi oldunuz...

"Fazla uzatmayacağım.
Yerime koyduklarının,
Sana
Koyması
Dileğiyle..."

Ne güzel. Benim dokunmaya kıyamadığım, şimdi başkalarının kollarında. Benim gözlerine bakarken, karşısında eriyip gittiğim...

Başkalarının yanında. Bana verilen sözler, ona da veriliyor mu acaba? En çok neyi merak ediyordum, biliyor musun? "Acaba beni hiç özlüyor muydun?" En çok bu soruyu sordum kendime. Aman bee...

Özlese yanında başkası olur muydu? Cevabı geldi içimden, istemsizce. Yaşadıklarımıza saygımdan, içimde sakladım seni ve onları. Gittiğimiz mekanlara mecburiyetten gittiğimde, içimde oluşan o acının hissini, tarif bile edemem sana.

Ben, seni bu şehrin iklim şartlarına karşı; her gün açan güneşle, yağan yağmurla, düşen en ufak çiğ damlasıyla sevdim. Acımı, içime hapsettim. Nefretle karışık sevdim. Bu daha fazla canımı yaktı. Daha çok nefret ettim, daha çok sevdim. Güzel anlamlar yükledim, ben sana. Sen, hepsinin birer birer a...na koydun. Hak ettim mi? Hayır.

Birçoğumuz, hak etmediğimiz şeyleri yaşarız hayatta ama sen biraz ileri gittin. Oysa ki kendinden nefret ettirmek için harcadığın çabayı, bana sadık kalmak için, benimle kalmak, beni sevmek için harcasaydın, annenin ikinci annem olmaması için hiçbir neden yoktu ortada.

Biliyorsun, yürürdüm o yola kadar. Ben seninle her zaman yürürdüm. Yeter ki benimle yürüyen sen ol. Yanımdaki insanlara, yanlışlıkla adını söyleyecek oluyordum bazen ama frenliyordum kendimi. Adın içimde, dilime bile uğramaz merak etme. Sen yanındakiyle yoluna devam et...

Ben, seni içimden nefretle karışık sevmeye devam edeyim. Seni uyurken izlemesin tamam mı? Onu en güzel ben yaparım. En güzel de ben severim seni. Neyse konumuz bu değil, uzatmaya gerek yok...

" Mutlu ol.
Nefretim,
Mutlu ol.
Kalp kırığım... "

Kendine iyi bak deme bana,

Biliyorsun

Kendimden çok yine sana bakacağım...

Sen gelmeye çalışma,

Daha çok gidiyorsun...

Canım yanıyor...

Bilmiyorsun...

Bana aşktan bahsetme,

Midemi bulandırıyorsun.

Kimini tanıdığına, pişman olursun,

Kimini geç tanıdığına, derler ya hani

Ben seni tanıdığıma da pişman oldum.

Geç tanıdığıma da,

Ben sana hep pişman oldum.

Aşkla karışık...

Gelmen, lazım.

En azından, yanımda olman lazım. Varlığını hissetmeye ihtiyacım var, anlıyor musun?

Anlamazsın ki. Sende o beyin yok.

Ve böylesine bir beyinsizi sevecek kadar beyinsizleşti yüreğim. Onu da anlamıyorum.

İçeride de işler karıştı.

O değil de içimdeki tüm organlar işi gücü bıraktı, seni bekliyor.

Gelmelisin.

Gelmen, gerekiyor.

Kesinlikle gel.

Muhakkak gel.

G..

E..

L..

Ne boktan, itiraf etmek gerekirse o şarkıları o dinledi diye dinledik. Onun sevdiği ne varsa sevdik. Abartısız söylüyorum, onun sevdiği ne varsa sevdim. En sevmediğim şey olsa bile. Her boku sevdim ve kalbim yoruldu, anlıyor musunuz? Yoruldu ve daha fazla sevebilecek halim kalmadı. Onun bizim sevdiğimiz şeyleri sevmesi şart değildi, bizi biraz sevse bize bu bir ömür yeterdi...

Bu da bizim aptallığımız. Af buyurun...

Biz sevdik...

Ben,

Seni yanlışlıkla düşünmekten korktum, en çok...

Senin sevilecek bir yanın yoktu.

Seni sevmek için,

İmkanlar yarattım, kendi içimde ben.

Bundan haberin yoktu.

Ben seni sevmek için bahaneler ürettim.

Bir de yalanların inandırıcı da değildi.

Benim sevesim vardı...

Sevdim...

Gittin...

"Nasılsın?" sorusuna,

İyiyim diyerek ne kadar iyi olunuyorsa...

O kadar iyiyim ben...

Senden gelecek tek bir mesaj, bak sadece 40 kuruşluk bir mesaj bile benim yüzümü aptalca sebepsiz güldürüyorsa, gelip bana o kırk kuruş etmeyen yüreğinle, sahte sevgi cümleleri kurma. Seviyorum dediysen, bunu lafta bırakma. Gel hissettir. Yanımda olduğunu bileyim. Seni seviyorum demek, zor bir şey değil. Önemli olan bunu hissettirebilmek. Tabii sen ikisini de beceremiyorsun, ayrı konu. Ben ikimizin yerine de sevdim. Aslında senlik bir şey yok. Mallık bende.

Sevmeyecektim ama olmadı.

Gülüşün öyle demedi...

Dünyanın en güzel kelimelerini bir araya getirip en anlamlı cümleleri kursam bile senin güzelliğinin yanında şair olmaz, benden.

Ancak sen öyle bir şiir olursun ki yüreğime, işte o zaman açar papatyalar. O zaman anlamlı olur her şey. Gidersen git. Bir papatyayı da elime alıp canını yakarsam, adam değilim.

Gittiğin gibi geri dönersin, ancak ben seni bekliyor olur muyum, bilmiyorum.

Papatyaların canını yakmayın.

Birlikte dinlediğimiz Mor ve Ötesi'nin "Benim küçük sevgilim" adlı şarkısını açtım. Odanın ışığını söndürdüm. Pencere zaten açıktı. Fotoğrafın desen, akşamdan kalma açık duruyordu, bilgisayarın ekranında. Dışarıdan gelen hafif yağmurun sesiyle şarkının sesi kulaklarıma akustik düet yapıyordu, resmen. Neyse, fotoğrafına baktım. Gözlerine yoğunlaştım bir an. Baktım, baktım, baktım...

Bir zamanlar içine baktığımda kendimi gördüğüm gözlerde, şimdi yalnızlığımı görüyorum. Acıyı görüyorum. Pişmanlığımı görüyorum. Canım yanıyor, gözlerin olunca söz konusu benim canım hep acır zaten.

Sonra saçlarına gitti gözlerim. Bir zamanlar omzunda uyurken, kokusu gelirdi burnuma onların...

Yastığım gibiydi saçların, şimdiyse başkalarının kokladığı bir...

Devamını getirmek istemiyorum. Şarkı bitti. Gözlerine baktım, ben bittim. Yağmur bitti, biz bittik...

Sen,

Bende bitmeye,

Hala devam ediyorsun...

Bağıra bağıra sustum.
Nasıl öldüğümü belli etmedim.
Sorsan, yine iyiyim...

Lüks aşk cümlelerine, gerek yoktu.
"Uyuma konuşalım" desen yeterdi...

Yağmur diyorum, yağıyor.
Yürümek için, yeterli bir bahane değil mi?

Fazla uzatmayacağım.
Yerime koyduklarının,
Sana koyması dileğiyle...

Sevmeyi bile beceremeyen insanların,
Başımıza aşk doktoru kesilmeleri,
Ne de tuhaf değil mi?

Sen bana sarılırken,
Benim içim öyle mutlu oluyordu ki,
Sanki mutluluktan havalara uçuyordum.
Sevişmek de neyin nesiymiş?
Hadi bana bir sarıl da görsünler...

Bırak seni sevmeyi,

Ağzıma gelebilecek

Tüm küfürlerin sahibisin artık...

Ben her koşulda,

Senden iyisini bulurum da,

Sen sana,

Benim gibi sarılanı bulabilecek misin?

Sen gül,

Ömrümü uzatıyorsun.

Değmez diyorlar,

İçi gülen gözlerini görmediler...

Boynumun borcudur,

Yokluğunda bükülmesi...

Sevenin üstüne gül koklayanların

Gülün dikenlerinin

Her tarafına batması dileğiyle…

Ben cümlelerime ne zaman senle başlasam,

Sen beni hep başkasıyla noktalardın...

Akşam içilen çay,

Gece dinlenilen Sezen,

Ve bir ömür sevilen sen...

Her şeye bedeldir...

Benim hayatım,

Senin iki kirpiğinin arasındaydı...

Kendim diye demiyorum,

Çok güzel yalnız kalırım...

Mutlu olmak için nedenim yoktu.

Ben de seni sevdim...

"Ne halin varsa gör!" demişti.

Oysa bırakın, onu görmeyi,

Halimi göremeyecek, kadar kördüm...

Sevdim, diyebiliyorum sadece.

Bununla yetinebiliyorum.

Başkaları sarılıyor, öpüyor, yürüyor.

Ben sevdim diyor,

Yokluğunla yetiniyorum...

Fiyakalı
Bir yazar olayım
Baban sıkıysa
O zaman vermesin seni bana...

Sen gitmek için bahaneler ararken,

Ben seni

Ortada sevecek hiçbir neden yokken, sevdim...

Bir gün çık gel karşıma,

De ki ben sana geldim.

O zaman seni sevmeyen kalbe,

Bir dakika bile,

Kan pompalamak nasip olmasın!

Sen benim;

İlim,

İlçem,

Semtim,

Sokağım,

Mahallem,

Apartman numaram,

Evim,

Eşim,

Sevdiğim,

Sevgilim,

Tek yönlü yolum,

Çıkmaz sokağım,

Bayram harçlığım,

Çocukluğum,

Annem,

Babam,

Kardeşim,

Ailemdin.

Bense senin hiçbir şeyin.

Hem de hiç...

Hani bazı insanlar ilk başta güzel gelir hayatımıza. Belki beklemediğimiz bir anda, belki de insan kendi ister, kendi kendinin canının yanmasını. Mutlu oluruz gibi düşünürüz. Oysa ki değilizdir. Mutluluk mu? Hadi lan oradan. Mutluluk, bizle aynı cümlede çok iğrenç duruyor be.

İçeride bir yerde muhakkak bu gelişigüzel insanın, bir gün seni gidişiyle; yiyeceğin yemekten, uyuduğun o tatlı mı tatlı uykundan, dinlediğin müziklerden, izlediğin filmlerden, kısaca sana mutluluk veren ne varsa hepsinden nefret ettirecek gerçeği, yatar. Senin bundan belki hiç haberin yoktur ya da sonunu bildiğin filmi izlemek gibi bir şey bu. Gideceğini bile bile ona alışmak. Hepimiz, geçmişimizden kalan yara izleriyle, yeni insanlara güvenmek istiyoruz. Yeni başlangıçlar, yeni aşklara yelkenler açmak istiyoruz ki bizim gemimiz suya indiği an, su alıp batıyor. Sorun ne peki? Sorun bizim fazla iyi niyetli olmamız. Fazlaca sevmemiz. İnsanların değer verilmeyecek varlıklar, olduğu gerçeğine inanmamamız. Hani bazı insanlar var, ulan hayvana değer versen onda daha iyi duracak. Verdiğin değeri mundar ediyorlar.

O kadar iyi niyetli bir insanız ki içimizde geçmişimizde kalan yaraları taşırken, hayatımıza yeni gelen insanı kendimiz gibi zannedip ederinden fazla seviyor, ederinden fazla değer veriyor, alışıyoruz. Kısaca değer vermek bize yakışmıyor.

Çünkü;insanlar buna layık. Gelişigüzel geliyorlar, gitme nedenleriyle kişiliklerini belirliyorlar. Biz sadece onlara fırsat tanıyor, ne mal olduklarını izliyoruz.

Canımızın yanması eşliğinde...

Gitmedin mi?

Sana en çok ihtiyacım olduğu zamanlarda, ne zaman yanımdaydın? Gitmedin mi? Sen yanımda olsan da senin varlığından çok yokluğunu hissettim ben. Olsun dedim, canın sağ olsun. Böylesine salakça ve safça sevdim. Benimle olmak için bir çaba sarf etmesen de tek başıma emek verdim, çabaladım öyle sevdim seni.

Tüm bunlara rağmen değdin mi?

Asla.

Kadının rimelini, gözyaşlarıyla çıkarmasına sebep olmayın.

Ağırdır bunun bedeli.

Hiçbir zaman ağlatmayın.

Hele ki ahını hiç almayın.

Ki bir kadının aşkını nefrete dönüştürecek kadar aptal hiç hiç olmayın.

Adam olan zaten o aşkın da değerini bilir, sevdiği kadının da.

Ben her gece onunla biraz daha konuşabilmek için uykum olduğu halde, uyumayıp gözlerimin yanmasına rağmen konuşmak isterdim.

O da her gece beni ağlatırdı.

Bu da benim aptallığım olsun.

Küçük bir çocuk.

Hani bir çocuk olur, yapma dediğin şeyi inadına yapar ya. Kalbim de aynen öyle işte. Yapma diyorum ulan bak, bundan sana bir cacık olmaz ama dinlemiyor ki.

Gönül yani bu. Ota da konuyor, sana da.

Bazen kendimi unutuyorum severken. Bazen insanları unutuyorum. Bu gezegeni unutuyorum. Sana odaklanıyorum, öyle özlüyorum.

Bana şiir yazdırma,

Tuzlu kahve içir!

Bana karşı güven sorunu yaşıyorsun.

Gel seni annemle tanıştırayım,

Bu bana inanman konusunda…

En büyük neden değil mi?

İçimden bir ses

Seni seviyorum diyor...

Alıştığın zaman kopması da zor be abiler ablalar.

Sevmek güzel hoş da, sonrası ne olacak abiler? Anılar, şarkılar, mekanlar, pişmanlıklar...

Kötü şeyler bunlar be. Hani tamam seviyorsun eyvallah, güzel şeyler yaşıyorsun eyvallah, alışıyorsun ona da tamam. Sen benden daha iyilerine layıksın ne demek **lan Allah'ın öküzü.** Beyinle kurulmuş bir cümle değildir bu. Benden daha iyilerine layıksın demeyeceksin.

Sevmeye g*tüm yemedi diyeceksin. Bu...

Allah beni,

Seni seveyim diye yaratmış, valla bak.

Hiç doymadan seni seviyorum.

Olacak iş değil.

Kafayı seni sevmekle bozdum,

Ne oluyor lan bana.

Bazen,

Ne kadar korksan da kaybetmekten,

Korktuğun başına geliyor.

Hani bazı şarkılar oluyor, üç dakikada senin kırılmadık kemiğini bırakmıyor ya öyle.

Ulan adamlar ne şarkılar yapıyor; benim anlatamadığım ama üç dakikada sessiz koskoca çığlıklarla, hayatımı özetleyen. Bana üç dakikada sevdiğini nasıl hissettirirsin diye sorarsan mesela; ben o üç dakikada sana öyle sıkıca sarılırım ki kaburgaların kırılır. Üç dakikalık saygı duruşuna geçerim senin anlayacağın, özetle üç kelime:

Seni çok özledim...

Şiirim ol kadın,

Şairin olayım senin.

Mısralarından öpeyim seni.

İnan, ne yazmaktan bıkarım seni.

Ne de sevmekten.

Görmüyor musun?

Kurduğum her cümle, senle başlıyor.

Bende de ufak bir kalp var,

Her gece uyumadan önce bir sana çarpıyor.

Lütfen onu durdurma.

Beni durdurma,

Bırak seveyim seni.

Engel olma.

Bırak avuçlarımda kalsın, kokun.

Bırak sen koksun kışlık hırkalarım.

Sen kokarak döneyim eve.

Buluşmaya gelirken seninle,biz süreyim üzerime.

Ben ki hiç hayal edemedim, sevmemeyi.

Ne zaman gelse bu deli akla içi gülen gözlerin,

İki kat daha sevdim.

Kendimden nefret eden ben,

Sen tuttun diye ellerimi sever oldum.

Kayboldum ben sende, Lütfen beni bulma…

İstediğin kadar iste, istediğin kadar sev, bir zaman sevmekten bitiremediğin insanı, unutarak bitirmeye çalışıyorsun içinde. Gün geliyor, bunu da onunla yaşamıştık diyorsun. İşte tam o sıra ağlamaya çalışsan yaş akmıyor, ağlamasan boğazında o oluşan tuhaf ağrıdan konuşamıyorsun.

Bence biz en büyük aptallığı; ciğeri beş para etmeyen insanlara, hak etmediği değeri vererek yaptık.

Cümlemizi Allah kurtarsın.

Başkasına güldü diye alıp kafasını duvara sürtüp kıvılcım çıkarmak istiyorum.

Sonra da acıdı diye sarılıp öpmek istiyorum.

Seni severken psikolojik dengem bozuluyor.

Ülke sorunları artıyor.

Döviz yükseliyor,

Altın düşüyor.

Sen de gidince,

Gözümden düşüyorsun…

Gözümden düşme. İlla ki düşeceksen kalbime düş. Orada geber. Gebermeyesice.

Seni seviyorum.

Kalbi kırık kadınların yaraların iyileştirin. Görün aşkı.

Geçmişinden ağır darbe alan kadının yanında olduğunu ona hissettir, o zaman o kadının sana yaşatacağı mutluluğun tadına doyum olmaz.

Hani yaralarını sarmasına yardımcı ol bir nevi. Bu çok önemli ki bir kadın geçmişinde ağır acı çekmişse, bir daha güvenmek ona saçma gelebilir ki ne kadar saçma gelse de sevmeye adım atar kadın.

Kadın, böyle bir varlıktır işte. Yine aynı terane olacağını bile bile güvenir, kırılır, pişman olur.

Sen ona sarıldın ya...

Nefes olsan artık içime çekmem, biliyorsun değil mi?

Seni güzel sevmiştim ben. Kabul et, en güzel de ben sevdim ama. Aslında sen de biliyorsun kimsenin benim gibi sevmeyeceğini.

Benim tek zayıf noktam sensin. Sen de bunu iyi biliyorsun ve hep oradan vurdun beni.

İyi kullandın bunu.

Ki artık,

Kabul olacak dua olsan;

Amin demem sana...

Senin beni sevmen, ahırın içinde gül açması gibi bir şeydi. Ortalığı bok götürüyor, sen bana hiçbir bok hissetmediğin halde, sevdiğini söylüyorsun. Ben de sana has...tir oradan diyorum, hani şu diyemediğim.

Oh, içim rahatladı.

Öpüyorum

Gidişinden…

Benim bir annem var,

İkinci bir annem, bir evetine bakıyor

Neden olmasın?

Sana kaç defa kırıldım?

Kaç defa pişmanlık duydun?

Kaç defa parçalandım?

Ve senin bunlardan gram haberin yoktu.

İşte tüm bunlar olup biterken,

Ben seni ufaktan seviyordum…

Biliyorum.

Bu kadar sevmemem gerekiyordu,

Ama bana bakarken,

İçi gülen gözlerin öyle demedi.

Ben de haliyle sevdim gittin...

Sağlık olsun, hayırlısı olsun...

Ama aşk olmasın…

Her sene aynı moda,

Önce sev,

Sonra terk et.

İyi mi böyle?

Gururum kırıldı, olsun. Kalbim de kırılmıştı zamanında, geçiyor hepsi.

Özellikle de sen geçiyorsun. Hem de öyle bir geçiyorsun ki hiçbir şey yaşanmamış gibi. Daha dün gelenin, bugün gittiğine inanamıyorsun. Ne tuhaf değil mi?

Daha dün sarılıyordu. O gider, bizse yalnızlığa alışırız. Sonra Sezen girer devreye,

"Ben sende tutuklu kaldım."

Seni kıskanıyorsam, buna sahip çık. Neticede seni düşünüyorum. Sabahın köründe seni düşünerek uyanıyor, gece kafamı yastığa koyduğumda seni hayal ederek dalıyorsam uykuya, insan ol.

Mahallenin bakkalını kıskanmıyorum ben, seni kıskanıyorum. Bunun değerini bil. Sana olan hislerimin sahibisin.

Bende bir kalp var biliyorsun, 7/24 sana çalışıyor onu da biliyorsun. Neden üzüyorsun o zaman beni canımın içi?

Neden mi sen? Gerçekten bilmiyorum. Fakat aslına bakarsan ben de seni seçtiğim için pek memnun değilim. Çünkü; hiçbir şeyi hak etmedin.

Hem de hiçbir şeyi.

Bana en başta neden ben? diye sormuştun.

Sana farkını kendin belirle demiştim, önüne bir kalp koydum, ister sev, ister kır parçala demiştim.

Sen de kendi farkını kendin belirledin.

Hiçbir şeye değmezsin. Senin için ne girdiğim sıkıntılara streslere değersin, ne de elin elime değer şu saatten sonra.

İyi bak kendine, değmeyenim…

Gece saat 02:05 suları falan. Tabii bendeki işsizlikle ben yine onu düşünüyorum. Acaba götünü devirip uyudu mu? Yoksa başkasıyla mı konuşuyor diye kendimi yiyip bitiriyorum. Ulan Miraç yat uyu kaşınma da diyorum bazen. Ama yok, rahat durur muyum hiç? İlla ki bir kırılacağım. Sıçacağım kendi ağzıma.

Dur dedim lan şunu arayayım bir, uyuyorsa da kalksın hayvan. Biz burada uyku nedir onu unuttuk, uyumasın o da. Arıyorum şimdi...

"Aradığınız kişi şu anda başkasıyla görüşüyor." diyor, bir sekreter. Ulan karıyı boğasım geldi, ne demek lan başkasıyla görüşüyor? Nasıl lan?

O gece bir kez daha anladım ki bırak onun için uykusuz kalmayı, ondan nefret etmeye bile değmiyor.

Sabah özlerim, şimdi hiç sırası değil dedim, yattım.

"Özlüyorum, seni bak.
Öyle böyle değil.
Hatta inanmazsın belki,
İşi gücü bıraktım.
Oturdum, seni özlüyorum."

Ben hep çocuktum sana. Bu hissin tarifi kesinlikle yok.

Sen elimi tuttuğunda, bana gelen özgüven patlaması hiçbir şeyde yok.

En tatlı hallerimiz de hani buluşmak için annene atacak yalan düşünme çabalarımızdı. Mesela; öğlen buluşacak olsak, sabahtan başlardı kalp çarpıntılarım.

"Sen benimken,
Allah'a
Emanet ediyordum,
Şimdi onun yanındasın,
Allah'a
Havale ediyorum..."

Baban yeter ki; "Verdim gitti" desin,

Bırak tuzlu kahveyi, Tuzu paketiyle getir, onu bile yerim.

Bırak şimdi.

Benim aşka olan inancımı falan,

Allah'a olan inancımdan sonra

Sen geliyordun işte…

Seni sevdikten sonra, çok değiştim. Sürekli olarak içinde sen olan her şeyi her zaman ön plana attım. Mutluluk konusunda, senin mutluluğun daha önemliydi benim için. Buna yoğunlaştım. Çünkü; seni ne kadar çok mutlu edersem, o kadar çok kalacaktın yanımda. Her zaman bizim için emek verdim, çabaladım.

Sana sorsam en sevdiğim yemeği bilmiyorsun. Boşversene. Bir yanda benim en çok hangi yemeği sevdiğimi, bile bilmeyen sen.

Öte yanda ilk mesajlaşmaya başladığımız günü, saatine kadar aklında tutan ben.

Sen hep orada kal. Ben hep bu tarafta.

Sen kal ki,

Ben hep iki kişilik seveyim..

Olur da bunca yaşanan her şeyden sonra, geri gelmek istersen buyur gel.

Çayım sana hep demli. Kalbimin kapıları sana her türlü açık. Sarılmak istersen falan kollarım zaten açık.

Tattırdığın tüm acılar için teşekkür ederim. Oldukça lezzetliydi hepsi. Acısı biraz fazlaydı ama olsun. Güzeldi yine.

Diyorum ya,

Tüm bunları yaşatmana rağmen gel, beklerim. Yine aynı olsa da olmasa da gel.

Yeter ki bekleyenin de gelenin de ben olayım.

Bunu biliyorsun, dünyanın en acı zamanlarını da yaşatsan seni hep severim. Bunu bildiğin için zaten ağzıma sıçtın, her fırsatta.

Olsun ama hayatımda en güzel geçirdiğim dakikaların tek sahibiydin sen. İlk kalp ağrımdın anlayacağın. Bir gidişin lafı mı olur?

Çayım koydum.

Gönlümü sana koydum.

Sen bana yaşatacağın acılarını,

Al da gel hadi…

Günün her dakikasını israf etmeden seni düşünebilmek, ne tür bir manyaklıktır?

Sabahın köründe uyanıp seni seviyorum, özlüyorum. Mesaj atmadığını bile bile telefona bakıyorum. Yanılmıyorum her zamanki gibi.

Belki sevmiyorsun, belki hissetmiyorsun bir şey ama insan bir merak eder, arar, bir düşünür. Ne tür bir hayvansın sen ya?

"Seviyorsanız,
Gidip konuşmayın,
Anlamayacak..."

Benden sonra kiminle ne yaşadığın, ne yaptığın beni ilgilendirmez. Önemli olan; benim yanımda olduğun süreçti; benim için. Ben üzerime düşenin fazlasını yaptım, bunu sen de biliyorsun. Hak ettiğinden fazla sevdim. Her gün seni yeniden sevdim. Bazen sevmek yetmiyor diyorlar, kulak ardı ettim bunları. Her şeye rağmen, herkese rağmen, seni çok sevdim. **En çok** sana kırıldım. **En çok** sana kandım, **en çok** sana kanadım. **En çok** iyi kötü ne varsa hep sana bağladım.

Sana güldüm, sana ağladım. Bunların hepsini, **en çok** ekiyle yaptım.

Ben **en çok** seni sevdim bu gezegende. Hatta bu evrenin sadece ikimiz için yaratıldığını bile düşündüğüm zamanlar oldu. Belki beni deli yerine koyacaklar şimdi. Olsun, umurumda değil ama yanımda olduğun süreçte, sadece sana adadım kendimi. Söylesene biraz, beni s*ktir et, bir kenara bırak. Ya yaşadıklarımız?

Aklına gelmiyor mu hiçbirisi? Nasıl oluyor da kısa sürede vazgeçmeyi deniyorsun, nasıl oluyor?

Bu kadar kalpsiz olamazsın sen. Senin kalbin körleşmiş, sevmeyi unutmuşsun sen.

Hatırlıyor musun? Bana geldiğinde, kalbin paramparçaydı. Ben tamir ettim. Ben hep senin yanında oldum. Ben onardım duygularını, güvenini, kalbini..

En zor anında yanında oldum. Karşılığında benimle kalmanı istemekten başka bir beklentim yoktu. Şimdi kalbini kim onaracak? Sen yine birine güvenmeyi deneyeceksin, yok bu sefer olmayacak. Ben ortaya kalbimi koydum. Herkes bunu yapmaz.

Sol kulağım çınlıyor nedense, bana küfür ediyor olmalısın. Canın sağ olsun, ben nefret bile etmiyorum. Çünkü; ona bile değmiyorsun.

Eksikleriyle sevmek, büyük marifettir. Herkese nasip olmaz. Fazlasıyla sevenler, biraz da olsa eksik yönleriyle sevmek için çabalasalardı keşke. O zaman aşk denilen şu illetin, daha yaşanılası olduğunun kanısına varırdık. Birazdan aşkın size ne olduğunu ispatlayacağım. Başından yola çıkarak, her şeyi buraya bir kaç cümle dökerek açıklayacağım. Bir insanı sevmek için öncelikle alışmalısınız. Hayatta mutluluk duyduğu şeyleri, onun önüne sunup mutluluğunda, büyük rol sahibi olmak için çırpınan insandan, zaten zarar gelmez. Kendi mutluluğunu bir kenara bırakıp, sevdiğinin mutluluğunu gündem haline getirir,kendi hayatında. Zaten bugüne kadar hangi birimiz kendi mutluluğumuzu ilk plana attık? Ya da ne zaman kendi duygularımızı düşündük? Ben hatırlamıyorum. En azından kendimin ki böyle. Sizinde büyük ihtimalle öyleydi. Yoksa şu an bu yazıyı okuyor olmazdınız.

Bu profili okuyorsanız, yalnız falan değilsiniz.

Kırgın, bir o kadar da güçlüsünüz...

Ve sen,

Sırf hislerini en derinden anlamak için, en sevdiğiniz şarkıları dinleyen birini kaybettin...

En büyük pişmanlığım; yanlış insanlar için idrak etmeye çalıştığım doğrulardı. Yanlış insanlar uğruna heba edilen doğru hislerin, doğru kararların, doğru duyguların haddi hesabı yok.

Sevdik, en büyük yanlışımız hayatta en çok sevdiğimiz insan oldu. Sevmesek içimizde kalırdı, belki pişman oluruz endişesiyle giderse benden gitsin hesabıyla, kaç yanlış yüreğe gönül koyduk?

Benim çok büyük yanlışlarım var. Yanlışlara heba ettiğim doğrularım gibi. Her şeyi bir kenara bırakın, yanlış insanlara gönül koyduk da onlar bir çay koymadı. Biz umutlarımızı onlara bağladık, onlar başkalarına kör düğüm oldu. Bu da bize koydu.

Bize bu yeterdi. Bununla bile yetinebilirdik. Biz aşkın en izlenilesi filmiydik...

Gişe rekorları kıran...

Balkona çıktım.

Serin bir hava vardı. Gizli bir soğuk. Yıldızların göze bulanık gelen loş manzarası, göze çarpmadan edemezdi. Ayın ışığı bile bulanıktı. Haykırsam anlayacak mıydı beni gökyüzü? Çaresizliğimi, kırgınlığımı, yalnızlığımı, pişmanlığımı, her haltımı...

Avazım çıktığı kadar bağırsam hangi yıldız anlayacaktı beni? Belki duymayacaklardı bile. Ben sadece kendimle konuşmakla yetindim. Gökyüzüne haykırıp, anlaşılmamaktansa avazım çıktığı kadar susar, içime gömerim tüm çaresizliğimi...

Bazı şeyler değişmiyor. Gidenin ardında bıraktığı acılar, pişmanlık duygusu, ortada kalınmışlık...

Ve bazen bazı şeyler öyle değişiyor ki, sen bile şaşırıyorsun, bu değişime. Buna şahitlik ediyorsun göz göre göre. Bu da ayrı yakıyor insanın canını. Karşındaki insanın değişimi, senin onda sevdiğin özelliklerin intiharıdır, büyük olasılıkla. Belli bir noktadan sonra verdiğin tüm çabanın boşa olduğunu fark ediyorsun. Elinden geleni yapsan da bazı şeyler eskisi gibi olmuyor.

Eskiyor...

Bazı şeyler, eski haliyle daha güzeldir belki. Belki hayatımıza almamamız gereken insanlara, hayatımızın en merkezi konumunda yer verdiğimiz için biz eskidik...

Boş versenize, biz yalnız da güzeldik...

Belki güzel şeyler olur, belki bir pazar kahvaltısı yaparız. Belki kokun kazağıma siner, ayırırım bir kenara. Belki seversin, belki gider. En güzel umutlarımız belkileştirildi.

Hissizleştik. Ne acıyı hisseder olduk, ne mutluluğu.

Güzel hayallerimizin beyin ölümü, gerçekleşti. Hiçbir dokunuş, geri döndüremez bizi...

Sen kalbimin ritmini bilmiyorsun. Pimi çekilmiş bomba gibiyim bu aralar. Patlasam mı patlamasam mı bilmiyorum? Bak, ben daha önce bir gülüşü bu kadar uzun süre izlediğimi hatırlamıyorum. Yüzüme değen saçlarının elmacıklarımdan gidişini hâlâ idrak edemeyen gözyaşlarım var. Sana yazdığım bir sürü yazılar var. Onları bir defterde saklarım. Bir gün bana sarıldığın zaman, saç telinin birisi üzerimde kalmıştı. Sen fark etmeden onu alıp sakladım. O da şu anda defterimin içinde. Yazdığım yazılarıma, sakladığım defterin içinde, ev sahipliği yapıyor. Senin çok sevdiğin bir ceketin vardı. Onu da kaybettiğini zannediyorsundur hâlâ sen. Evet, o da bende. Onu da sakladım.

Ona sarılır uyurum bazen. Çünkü; hiç yıkamadım. Hâlâ sen kokar. Çünkü;yokluğunu bunlar dolduruyor. Tam anlamıyla doldurmasa da, ben dolduruyorum bir şekilde. Yazıyorum en çok. O kurtarıyor. Ziyadesiyle fazla yoruldum sevmeyenim.

Fazla kırıldım. Ve kırıldığım her parçam bana batıyor. Canımın acısından bahsetmiyorum. Çünkü;birini bu denli çok sevmenin ne kadar ağır olduğunun bedelini, yalnız başıma ödemek istiyorum.

Sevmemeliydim desem, sarıldığım günlere ihanet ederim. İyi ki sevmişim desem, şu anda defterimin arasında sakladığım saç telinden fazlası başkasının elmacıklarına kamp kurmuş durumda.

Ben en iyisi yazayım, sevmeyenim. Yaptığımın en iyisi bu. Bir zamanlar yapabildiğimin en iyisi seni sevmekti. Şimdiyse yerini yazmak aldı. Ve geride kalan fotoğraflarla, kendimi avutma çabaları. Neyse, ben fazla konuştum. Alışkın değilim böyle çok konuşmaya. Bilirsin, seviyorum demekten çok hissettiren adamlardanım, ben sevmeyenim. Eğer olur da sevdiğin adama kırılırsa saçının tek tanesi, bende yedeği var muhafaza edilmişi...

İçimdeki sevgi cümbüşünü görmeden, beni sevmek istemedi. Benim kalbimi görse, beni hissetse, yüzünde papatyalar açacaktı. Lakin beni sevmek istemedi.

Çünkü; korkaktı. Başkaları tarafından bu hale gelmiş kadın, duygusuzluk faturasını yine bana kesti. Ve ben yine yarım kaldım. Ve hikâye başlamadan bitti. O yok, ben yorgun.

Benim tek başıma bir şeylerin olmasını sağlamak için vermiş olduğum uğraş yolunda, ayağım çok taşa değdi, çok yoruldum. Bu da beni sevmiyor olmandan, daha çok kötü bir durumdu.

İnsanın tek başına bir şeyler olması için vermiş olduğu çaba da, yok olup gitmesi kadar kötü bir şey yok.

Bir kez olsun karşındaki insan hiçbir şekilde, hiçbir şey yapmazken sen varını yoğunu ortaya koyuyorsun. Değiyor mu? Sanmıyorum. Çünkü; ben hiç değdiğine şahit olmadım.

Bugüne kadar etmiş olduğum tüm tanıklıklarımın hepsi, hislerimin yok oluşuydu.

Ölüşüydü.

Sevmekten yoruluyor insan. En çok da korkuyor.

Sen benim korkarak sevdiğim kişiydin. Şimdi en güzel hislerimin yok oluşuna tanıklık ettin.

İlkokulda öğretim gördüğüm zamanlarda, arkadaş çevrem güzeldi. Çocukluk dönemlerinin en çılgın çağlarıydı haliyle, o zamanlar. Arkadaşlık denilen kavramın daha sağlam bir bağ oluşturmuş olduğu o ortamda ne yesek hep beraber yer, ne içersek beraber içerdik. Yıllarca baskı üzerinde büyüdüm.

Annemin tek başına vermiş olduğu mücadele sonrası buralara gelecek olmamdan hiçbir zaman haberdar olmadım. Olamazdım da. İlk öğretim öğrenimimi tamamladıktan sonra, Turizm bölümünde otel işletmeciliği okudum. Beş yıllık bir lise hayatım oldu. Çoğu zaman cebimde harçlıksız gittim okula. Bunun için ne kendimi suçladım, ne de çevremdeki insanları.

Benim lise birinci sınıfa giderken küçük bir not defterim vardı. O zamanlar ilk yazılarımı hep ona yazardım. Günlük gibi bir şeydi. Ama tam anlamıyla günlük değildi. Hayatın sunmuş olduğu zorluklara boyun eğmemek için, elimden geleni yapıyordum. Aklıma gelen en güzel cümleleri, hemen bir yere yazmak oluyordu. Lise hayatımda hem okuyup, hem de harçlığımı kazanmak için otelde garsonluk yaptım. Kimseye muhtaç olmamak için dişimi tırnağıma takıp gece yarıları bile çalıştım. Çünkü; muhtaçlık zordur, bilirsiniz. Aç kaldığım günler de oldu.

Bunların hiçbirisinde kimseye yakınmadım. Kimseden gidip en ufak bir isteğim olmadı. Zorluklar içinde geçirmiştim, geçmişimi. Herkesin geçmişi sıkıntılıdır. Geçmiş kelimesi içeriyorsa bir cümle, yaşanmışlıklardan güzel şeyler ayırt edemezsiniz. Sırf annem ve babam ayrı diye yıllarca baskı üzerinde büyüdüm. Ver bu çocuğu yuvaya, bundan adam olmaz gibi cümlelerin esiri altında geçirdim en zor günlerimi. Tek suçum, annem ve babamın ayrı olmasıydı. Peki bu benim suçum muydu? Sanmıyorum. Mahallede sürekli dışlandım. Okuduğum okullarda sürekli dışlandım. Ailede sürekli dışlandım. Ama Allah bana sunduğu şanslarla beni sahipsiz bırakmadı.

Benim içimde bir Allah inancı vardı. Bu da bana yetti. Her zaman şükrettim. Adımın Miraç olması bile beni mutlu ediyordu. Peygamber efendimiz Hz. Muhammed (s.a.v)ın Allah'ı görmek için göğe çıkarıldığı o gecenin adıydı, Miraç. Ve ben bunun için bile topluma, insanlara, adıma ve kendime layık olmayı, olmak için elimden geleni yaptım. Allah benim içimdeki niyetin her zaman farkındaydı. Ben hiçbir zaman ne para istedim, ne de pul. Benim Allah'tan istediğim yalnızca sabırdı. Ve Allah onu bana fazlasıyla verdi. Bunun için ona minnettarım. Lise hayatımda yazmaya yine devam ettim. Çoğu insan kendi acılarını bulduğunu fark etti ,yazdıklarımda. Bu da beni mutlu ediyordu. Birden fazla insanla aynı acıyı paylaşmak, beni yazmam konusunda beni daha çok geliştirdi. Okulda düzenlenen kompozisyon yarışmalarında, sürekli birinci oldum. Ve bu kompozisyon yarışmalarında kazanan öğrencilere para ödülü veriliyordu.

Bir kaç defa kazandığım bu yarışmaların ödüllerini, okul kütüphanesine bağışladım. Ve daha sonra yapılan yarışmalara bilerek katılmadım. Çünkü; katılsam, tüm okul benim birinci olup ödülü kazanacağımı biliyordu. Yine buna da şükür diyip, kenara çekildim. Durumu kötü olan öğrenciler vardı. Onların benden daha çok ihtiyacı vardı. Onların kazanabilmesi için yarışmalara katılmadım. Lise hayatım boyunca kitap çıkarma düşüncesi içinde gelgitler yaşadım. Bu süreçte yazmayı ihmal etmedim tabii ki.

Devamlı yazdım, devamlı okudum. Yazmak en azından insanın kendisiyle dertleşmesi gibi bir şeydi, zaten. Ben de devamlı kendimle dertleştim. Bu süre zarfında yine insanların bana oynamış olduğu oyunlara maruz kaldım. Sürekli duygularımla oynayıp, bana acıyı hissettirmekten mutluluk duydular. Ama diyorum ki bunu iyi ki yapmışlar. Hem gerçek yüzlerini tanımamda yardımcı oldular, hem de bana kendimle dertleşme fırsatı verdiler.

Ben sadece yazarak rahatladığım için devamlı yazmaya devam ettim. Önceliğim;sürekli yazdıklarımda, acılarına rastlayan insanların samimiyetini kazanmaktı. Aynı acılara hayatında bir daha rastlamamaları için onlara elimden geldiğince yol göstermekti. İnsanlar sadece benim yazılarımda acılarını bulmadılar. Mutluluklarını, pişmanlıklarını, hatalarını, yapmaması gereken şeyler olduğunun ve daha birçok şey. Bunlara öncülük yaptığım için, ben de mutluluğumu insanların beni okumasında buluyordum.

Otelde garsonluk yaptığım dönemlerde, aklıma gelen bir cümleyi adisyon sayfasına yazıp, o sayfayı saklayıp diğer cebime koyduğumu bilirim. Daha neler neler. Acıyı hissedecekseniz, size acıyı hissettirecek insanın buna değer olup olmadığını iyi seçiniz. Şimdi soracaksınız, "Acıyı tattıran bir insan neye değer ki?" diye. Evet değmezler belki. Ancak onların size acıyı tattıracağını bile bile sizin onları sevmeniz de onlara en büyük acı olacaktır. Unutmayın. Ve siz her şeye değersiniz.

Kapanış

Bazı aşklar vardır.

Kiminin sonu nefretle biter.

Kimi nefret ede ede sever.

Kimisinin de daha çok nefret etmesi gerekiyordur ancak ona bile yeltenmezler. Çünkü; gidenler ona bile değmezler…

Seveceksen, seveceksin.

Gerçekten, içtenliğinle. Bazı şeylerden, etrafındakilerden vazgeçeceksin mesela onun için.

Eksikleriyle göze alacaksın, sevmek istediğin kişiyi. Artı yönlerini bir kenara atacaksın, eksi yönleriyle sevmeye alıştıracaksın kendini. Bu daha önemli olacaktır,çünkü.

Seni mutlu ettiği için değil, onu sevdiğin zaman o minik kalbinin nasıl hızlı çarptığını düşünüp öyle seveceksin. Kendinden ödün vermeyi de bileceksin.

Sahip çıkacaksın, boğmadan, sıkmadan.

Sadece güldüğünde değil, ağladığında da yanında olacaksın. Korumasını bileceksin. Seviyorsun çünkü.

Onu gördüğünde nasıl heyecanlandığını bir düşün, bu duyguyu sana yaşattığı için ona minnettar kalacaksın.

Bak, ağzından dökülüyorsa eğer;

Seviyorum

Kelimesi...

Adam gibi seveceksin…

Zamanınızı çaldım, özür dilerim. Ama duygularınızı değil.

Siz siz olun, sizin için menfaat göstermeyen insanlar için kılınızı bile kıpırdatmayın. Çünkü; buna değmiyorlar. Aslında hiçbir şeye değmiyorlar. Çıkın dışarıya, takın kulaklığınızı yürüyün. Düşünün. Sevmekten korkmayın ama kaybetmekten korkacağınız biri olmalı hayatınızda. Korkun, sadece kaybetmekten. Sevmekten değil. Duygularınızı katılaştırmayın. Oran buran buruşunca yaşamayacaksın aşkı.

Eğer varsa kısmetinde günün birinde karşına birisi çıkar.

Bir aşkın da sonuna geldik.

Bir hayal kırıklığı daha eklendi, kırıklarımın yanına. Sizin mutluluğunuza öncelik tanıyan insanları sevin. Sizin için menfaat göstermeyen insanlar için kendinizi yıpratmayın bile. Çünkü; buna değmiyorlar. Aslına bakarsanız hiçbir şeye değmiyorlar. Oysa onlar bir hiçler. Biz büyütüyoruz, onları gözümüzde.

Çıkın dışarıya, takın kulaklığınızı yürüyün. Sevmekten korkmayın. Ama kaybetmekten korkacağınız biri olmalı hayatınızda. Hayatınızın ışıklarını söndürecek insanlara, asla taviz vermeyin. Onlar yapmacıklıktan geberiyorlar. Sizin kalbiniz var, duygularınız, yüreğiniz var. Gerekirse yüreğinizi, sevdiğiniz için bir ev haline bile getirebilirsiniz.

Dedim ya, seviyorum diyorsa o ağzınız, adam gibi seveceksiniz diye.

Hayatınızda, adam gibi sevgilerle karşılaşmanız dileğiyle; bayanlar-baylar.

Ve siz baylar, bir kadının tokasını bile kıskanabilirsiniz. Erkek adam böyle sever, çünkü.

Ben böyle sevdim.

Giydiği elbiseyi, sürdüğü ojeyi, rimeli, sıktığı parfümü kıskanacak kadar çok sevdim. Çünkü; benden daha yakınlardı ona.

Bir ben uzaktım.

Ben hep uzaktım.

Sevilmeye…